聖堂老鼠
海灘遊俠

文・圖╱葛拉漢
譯╱黃筱茵　改寫╱林仲屏

責任編輯╱林仲屏
美術編輯╱李燕玉

出版╱小熊森林出版事業部
電話╱(02)2351-5222　傳真╱(02)2327-9380

總經銷╱宇杰文化事業股份有限公司
地址╱台北縣中和市中山路三段110號5樓之6
電話╱(02)2225-1808　傳真╱(02)2223-6313
網址╱www.u-nibook.com.tw

ISBN╱978-986-84053-3-2
2008年5月初版一刷
定價250元

聖堂老鼠
海灘遊俠

文·圖 葛拉漢　　譯 黃筱茵

小熊森林

星期天早上，老牧師講完道
之後，對大家說他要去度假。
他要教堂的老鼠們乖乖看家，
不過老鼠阿通可不這麼想，
牠心裡有別的計畫。

阿通叫大家到花園集合。牠說老鼠們工作認真，也該有個假期，只要搭老牧師的便車，再叫阿山貓當大家的保鏢，就能有一個免費又安全的假期。老鼠們都表示贊成，而阿山貓雖然不想當保鏢，但牠昨天偷吃了廚房的魚排，可能會有人來問牠知不知道是誰吃的……。於是，全體一致通過，一起度假去！

第二天早上，老牧師忙進忙出，準備出發。大家依照原訂計畫，趁老牧師不注意的時候，偷偷溜上車。

幾分鐘之後，牠們已經在路上啦！即使遇到大塞車，也完全不影響好心情。

　　過了幾個小時，　車子突然
停在一家旅館前。　老牧師
走下車，　打開車廂，　眼看
牠們就要被發現……「喂！
你終於來啦！」就在這時，
一對夫婦走過來打招呼，
大家趕緊趁這個機會，
往旅館外頭一溜煙跑去。

一開始牠們到處亂逛，這裡和牠們居住的渥索普小鎮似乎沒什麼不同。不過街上的人們都穿著泳衣，這倒是挺新鮮的。阿通提議跟著人們走，說不定會有好玩的事。

果然，牠們來到了海邊，這是牠們第一次看見海！老鼠們興奮的衝去玩水，但阿山貓說這只不過是個超大游泳池，而牠一向討厭游泳，於是沒多久就溜去別的地方玩。

老鼠們一路玩到快天黑，
牠們想乾脆就在沙灘上過夜，
反正已經找到一座城堡，
剛好可以當旅館；晚餐
也好解決，到處都有
別人吃剩的三明治或者
舔過的棒棒糖——不過
也沒有豐盛到可以跟海鷗
一起吃。吃飽後，大家
滿足的睡著。夜裡，
潮水漸漸的升高……。

城堡變成一座小島，而且水越漲越高，牠們趕緊大叫救命。牠們鬼吼鬼叫了一陣子，終於看見阿山貓。得救之後，牠們聽阿山貓的話，都睡在岸邊的步道上。

隔天一大早，老鼠們又開心的衝去玩水，但今天的海浪一直把牠們捲回岸上。於是牠們改到小池塘裡游泳，不過水裡似乎有傳說中的水怪，怪可怕的。

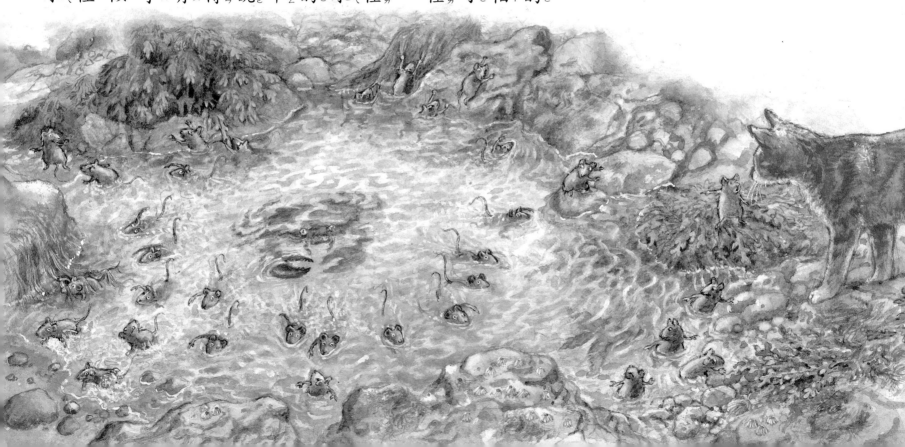

牠們決定放棄玩水，先來個海灘漫步。　路上有許多人拿著鎚子敲石頭，　還有一群人圍成一團，　牠們便湊過去瞧瞧。拿著鎚子的老先生敲開一塊石頭，　裡面出現像是蛇的形狀。他說這是「化石」，是很久以前的動物變成的。

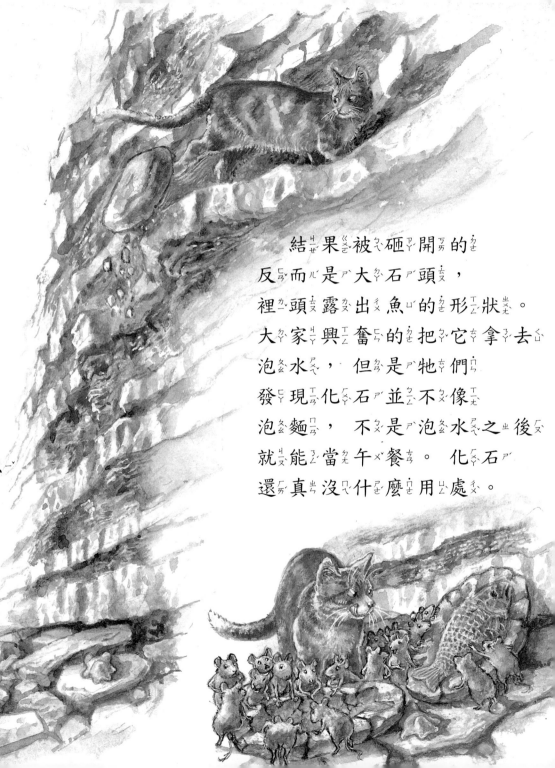

老鼠們覺得化石很神奇，於是牠們也試著找找看。沒多久，就聽見阿通大叫：「大家快來，這裡面可能是我們的親戚！」不過牠們沒有鎚子可以敲開來看。阿山貓想了想，牠說只要用一塊大石頭砸開它就好了。

結果被砸開的反而是大石頭，裡頭露出魚的形狀。大家興奮的把它拿去泡水，但是牠們發現化石並不像泡麵，不是泡水之後就能當午餐。化石還真沒什麼用處。

　　但這塊化石還是長得很稀奇，　有老鼠提議拿去送給老牧師，
說不定老牧師很喜歡，　就不會罵牠們偷溜的事。

　　牠們一走到旅館門口，　就看到老牧師開著車子出來，
還聽見老牧師的朋友對他說：「真可惜你得趕回教堂，　你的
假期實在太短暫了！」接著老牧師就離開了。

一一開始大家覺得牧師
先走也沒關係，聖堂老鼠
變成海灘老鼠也不錯。
但海灘並不都是
藍天白雲的好天氣。

颱風下雨的
天氣到了晚上
就更難受。
即使躲在屋簷
底下，還是
又濕又冷，
整個晚上都在
發抖。牠們
想起教堂裡
溫暖的壁爐，
還有好吃的
起司，真的
好想回家。

隔天牠們想了兩個辦法，可惜都不成功。都怪前一天的大雨，地上到處都是積水，什麼都泡湯了。

原來化石這麼值錢！
有了錢就能搭車回家！
牠們衝回海灘， 想找回
昨天隨便丟在路邊的
那個魚化石， 但就在
找到的時候， 牠們硬是
被掃到一旁，「親愛的，
我們發財了！」拿走
化石的男人說。

　　當牠們沮喪的在街上亂晃時，
經過一家賣化石的店。「看這個！
這條魚也太貴了吧！」阿通說。
其他老鼠正想附和， 但牠們
立刻明白了一件事。

　　機會就在眼前，　可不能就這麼放棄。　阿山貓帶著阿通和阿瑟，　一路跟著化石。　但那兩個人跳上小船，　離開岸邊，牠們只能眼睜睜的看著化石被帶到一艘遊艇上。

　　大家知道化石拿不回來的時候，都很沮喪，甚至有老鼠擔心自己就要死在海邊，變成另一個化石。太陽下山後，阿山貓不死心的回到岸邊，看到那艘遊艇竟然還在附近。阿通和阿瑟知道以後，叫大家振作起來，去搶回化石！

牠們一一踏上遊艇就看見化石，而且是一整堆的化石！ 阿通打算多搬一個走，但卻不小心吵醒了看門狗。

阿山貓反應快，
立刻伸出爪子對準
狗鼻子， 阿通和阿瑟
也向牠強調， 像牠
這種造型獨特的狗，
一定不希望鼻子上
貼個繃帶。 不過化石
實在太重， 老鼠們
大叫拖不動， 阿山貓
一轉頭， 看門狗趁機
大聲狂吠起來！

情況一度很危急，不過幸運之神站在牠們這邊。小船漸漸漂向岸邊，離遊艇越來越遠。牠們把化石拖上小船，接著就討論起這塊化石的價錢，說不定可以讓牠們搭噴射機回家呢！

牠們的白日夢被轟隆隆的引擎聲打斷，大家嚇得完全不敢動。不過下一秒就聽到引擎發出吱吱嘎嘎的聲音，遊艇也劇烈的震動起來，把人都震下來，接著遊艇和落水的人便一動也不動。老鼠們有兩個心得：那男人不能參加跳水比賽，以及遊艇不能開到淺的地方。

等牠們終於抵達岸邊時，已經是隔天早上。牠們一上岸就遇到那位拿鎚子的老先生。老先生看到牠們的化石，突然大叫：「好極了！」阿通以為他也要來搶化石，也大叫：「別亂來！我可是空手道黑帶！」老先生叫大家別緊張，他是一位收藏家，他願意出錢買下這塊化石。

阿丫通ㄊㄨㄥ想ㄒㄧㄤ， 化ㄏㄨㄚ石ㄕ賣ㄇㄞˋ個ㄍㄜ˙好ㄏㄠˇ價ㄐㄧㄚˋ錢ㄑㄧㄢˊ， 就ㄐㄧㄡˋ能ㄋㄥˊ搭ㄉㄚ噴ㄆㄣ射ㄕㄜˋ機ㄐㄧ回ㄏㄨㄟˊ家ㄐㄧㄚ， 不ㄅㄨˊ過ㄍㄨㄛˋ
阿丫瑟ㄙㄜˋ怕ㄆㄚˋ買ㄇㄞˇ不ㄅㄨˊ到ㄉㄠˋ機ㄐㄧ票ㄆㄧㄠˋ， 提ㄊㄧˊ議ㄧˋ讓ㄖㄤˋ老ㄌㄠˇ先ㄒㄧㄢ生ㄕㄥ帶ㄉㄞˋ牠ㄊㄚ們ㄇㄣ˙回ㄏㄨㄟˊ家ㄐㄧㄚ。 於ㄩˊ是ㄕˋ，
老ㄌㄠˇ先ㄒㄧㄢ生ㄕㄥ載ㄗㄞˋ著ㄓㄜ˙牠ㄊㄚ們ㄇㄣ˙和ㄏㄜˊ化ㄏㄨㄚ石ㄕˊ回ㄏㄨㄟˊ到ㄉㄠˋ教ㄐㄧㄠˋ堂ㄊㄤ， 並ㄅㄧㄥˋ且ㄑㄧㄝˇ向ㄒㄧㄤˋ老ㄌㄠˇ牧ㄇㄨˋ師ㄕ
買ㄇㄞˇ下ㄒㄧㄚˋ化ㄏㄨㄚ石ㄕˊ。 老ㄌㄠˇ牧ㄇㄨˋ師ㄕ高ㄍㄠ興ㄒㄧㄥˋ的ㄉㄜ˙拿ㄋㄚˊ錢ㄑㄧㄢˊ去ㄑㄩˋ整ㄓㄥˇ修ㄒㄧㄡ教ㄐㄧㄠˋ堂ㄊㄤ，
而ㄦˊ且ㄑㄧㄝˇ一ㄧˋ次ㄘˋ也ㄧㄝˇ沒ㄇㄟˊ提ㄊㄧˊ過ㄍㄨㄛˋ牠ㄊㄚ們ㄇㄣ˙偷ㄊㄡ溜ㄌㄧㄡ去ㄑㄩˋ度ㄉㄨˋ假ㄐㄧㄚˋ的ㄉㄜ˙事ㄕˋ。